*Halt sie fest, die schönen Stunden*

# Halt sie fest, die schönen Stunden

Gedichte und Geschichten

geschrieben und illustriert

von Margit Voigt

Impressum:

© März 2018  Margit Voigt

Fotos, Zeichnungen  und Umschlaggestaltung
    von Margit Voigt

Herstellung und Verlag:
BoD - Books on Demand, Norderstedt

ISBN: 9783746096926

# Inhaltsverzeichnis:

# Es ist schon wieder Herbst...

Der Herbst ist schon wieder nah,
wer kann das verstehen?
Eben war doch der Sommer noch da,
aber wir haben ihn kaum gesehen.
Warum ist er denn so schnell wieder fort,
oder bleibt er nur nicht an diesem Ort?
Habe ich ihn vielleicht nicht richtig erkannt,
oder bin ich vor ihm weggerannt?
Jetzt beginnen die Herbststürme zu toben,
da möchte ich nachträglich den Sommer loben.
In der Erinnerung war er schön,
das habe ich mit meinem geistigen Auge gesehn.
Das, was ich im Sommer verpasst,
ist mir eine große Last.
Kann ich im Herbst das alles noch tun?
Ich werde aber nicht eher ruhn.
Und wenn im Herbst ich's nicht schaffen kann?
Dann fange ich gleich im Winter an!
Doch halt,

der Herbst ist für mich das letzte Stück!
Ich  beginne jetzt,
oh, welch ein Glück!

# Das Weihnachtsgeschenk

Und wieder strahlt der Weihnachtsbaum.
Die Zeit vergeht,  man merkt es kaum.
Es knistert in der Luft.
Betört vom süßen Duft, berauscht vom edlen Wein,
kaufe ich Weihnachtsgeschenke ein.
Doch halt, die Kinder sind schon groß,
ich denke nach, was mach ich bloß?
Ich werde mich mit Computer und Handy befassen
und mir alles gut erklären lassen.
Doch wenn sie diese Dinge schon haben,
dann möchten sie sicher andere Gaben.
Ich bin jetzt zu Hause und grüble noch immer
und sitze alleine in meinem Zimmer.
Da  kommt auch schon mein Enkel rein:
„Du bist ja hier, na das ist fein!
Ich hab zwei Karten für uns beide,
ach Oma, mach mir doch die Freude.
Die Weihnachtsgala, du wirst sehn,
ist wirklich immer wunderschön."
„Ich danke dir und freu mich sehr,

denn grübeln brauche ich  nicht mehr.
Ich gebe dir das Geld dafür
und dann ist das Geschenk von mir."

# Und es sieht nicht wie Weihnachten aus...

Du bist in der Ferne im fremden Land,
Weihnachten ist hier nicht bekannt.
Du gehst durch die Stadt,
du kennst dich gut aus –
aber es sieht nicht wie Weihnachten aus.

Du kommst ins Hotel und gehst auf dein Zimmer,
du isst frisches Obst, das machst du jetzt immer,
du nimmst dir ein Buch und denkst an zu Haus`,
doch es sieht nicht wie Weihnachten aus.

Die Nächte sind schwül, und es duften die Pflanzen,
du siehst auf dem Balkon die Nachtfalter tanzen,
du öffnest die Türe und gehst hinaus,
aber es sieht nicht wie Weihnachten aus.

Du siehst schon den Flieger, er zieht seine Kreise,
du schließt deine Tür  und sagst noch ganz leise:
„Hier war ich eine lange Zeit zu Haus,
doch es sah nie wie Weihnachten aus!"

Die Landung ist gut, es ist nur sehr kalt,
du gehst durch die Straßen und dann durch den Wald.
Du gehst immer schneller und siehst schon dein Haus,
doch es sieht nicht wie Weihnachten aus.

Am Gartentor bleibst du plötzlich stehn,
du hast doch gerade eine Schneeflocke gesehn.
Du siehst Weihnachtskerzen an den Tannen blitzen
und deine Kinder durch den Garten flitzen.
Du weißt, jetzt bist du zu Haus –
und es sieht doch wie Weihnachten aus!

# Die Weihnachtsglocke

Ganz oben auf der Tanne musste sie sein,
dort wollte sie glänzen, ganz allein.
Aber jetzt hing sie an den mittleren  Zweigen
und konnte sich gar nicht richtig zeigen.

Sie will alle mit ihrem Klang betören,
sodass es dann auch alle hören.
Drum muss sie auf die obersten Spitzen,
auch wenn man dafür muss viel schwitzen.

Sie bimmelt wie toll und mit sehr viel Kraft,
sie hat es aber trotzdem nicht geschafft.
Ihr wird ganz schwindlig und mit lautem Krach
sie auf dem Fußboden zerbrach.

In viele Teile ist sie zersprungen,
die Lieder sind in ihr verklungen,
bis dann jedoch ein Retter kam
und alle Stücke  mit sich nahm.
Die Glocke hängt nun ohne Schwengel

wieder an einem grünen Stängel.
Sie kann doch nicht von oben
ihren Schöpfer loben.
Nun tut sie's hier unten und ist sehr froh.
Sie hat gemerkt, es geht auch so.

# Kleiner Schneemann

Kleiner Schneemann, was hast du auf dem Kopf?
Einen viel zu großen Topf!
Zwei Kohlen sind gut zu erkennen,
die würde man jetzt „Augen" nennen.
Es brachte dir ein Hase
seine Mohrrübe als Nase.
Perlen aus ihrer Perlenkette,
die gab dir als Zähne die liebe Anette.
Der eine Arm hält einen Strauch -
und viele Knöpfe auf dem Bauch,
die hast du auch.
Du bist ein schöner kleiner Wicht,
doch etwas fehlt noch im Gesicht.
Du bist so blass, so ohne Leben,
zwei Äpfel sollen dir Farbe geben.
Die roten Apfelbäckchen stehen dir gut,
ein liebes Kind macht dir Mut.
Die Augen glitzern nun noch mehr,
es freut sich dieser Schneemann sehr

und singt sogar aus voller Kehle,
denn er hat jetzt eine Seele.

# Grau

Grau ist der Himmel, es ist nicht mehr schön,
wir haben doch schon lange
keinen Sonnenstrahl gesehen.
Grau ist auch der Alltag in meinem Haus –
es geht nicht so weiter,
ich muss hier raus!

Ich werde dem miesen Wetter jetzt entfliehen
und einfach in den Süden ziehen.
Doch vorher gibt es Einiges zu bedenken:
Sollte ich die Blumentöpfe verschenken?
Wer könnte den Garten hegen
und meine kleine Katze pflegen?

Was würden wohl meine Kinder sagen,
wenn sie sich damit müssten plagen?
Und dann fiel mir ein -  schon heute Nacht,
habe ich die Arzttermine auch bedacht?
Ein Vierteljahr sollte der Urlaub schon dauern,

bin dann am Strand, nicht hinter Mauern.

Die Nachbarin müsste den Briefkasten leeren,
das muss ich heute mit ihr klären.
Aber wohin will ich verreisen,
und wie ist es mit den Sonderpreisen?
Die Auswahl scheint hier riesengroß,
ich weiß nicht recht,
was mach ich bloß?

Brauche ich eigentlich neue Sachen,
geht der Koffer noch zu machen?
Bin ich für den Bikini schon zu dick,
der Badeanzug passt noch, welch ein Glück!
Habe ich noch einen gültigen Reisepass?
Das ist für mich jetzt gar kein Spaß!
Der Vorbereitungen sind es zu viel,
ich komme lange nicht zum Ziel.

Und wenn ich dann im Urlaub bin,
zieht's mich vielleicht wieder zu meinem Garten hin.
Da kenn ich mich aus in jeder Ecke,
sitze gern hinter meiner Hecke

und mach's mir gemütlich mit einem schönen Buch,
oder freue mich über lieben Besuch.

Und während ich das alles überdacht,
habe ich gar nicht gemerkt, dass die Sonne schon lacht.
Es ist nicht mehr grau und trübe in mir – und darum steht
fest:
Ich bleibe jetzt hier!

# Freut euch

Freut euch über den Sonnenschein,
er strahlt uns bis ins Herze rein,
freut euch auch über den sanften  Regen,
er bringt Leben, er bringt Segen!

Freut euch über Schnee und Eis,
freut euch über das reine Weiß.
Freut euch über die bunte Welt,
aber freut euch nicht über schmutziges Geld.

Freut euch über Frieden und Glück,
aber sehnt euch nicht nach Unfrieden zurück!
Es ist nicht alles gut und richtig,
aber eines ist doch immer wichtig,
dass wir in Frieden mit dem Nachbarn leben –
und danach sollten wir immer streben!
Freut euch, wenn es bei euch so ist,
denn wir haben auf Erden nur eine kurze Frist!

# Der blaue Hund

Unweit eines kleinen Dorfes in Mecklenburg steht nahe am Wald ein schönes großes Haus.

Es ist eine Schule, und das Besondere daran ist, dass dort Hunde unterrichtet werden.

Aber die Lehrer sind keine Menschen, sondern auch Hunde. So ist zum Beispiel der große ,Bernhardiner' ein Verkehrslehrer. Dort lernen die Hunde, wie sie richtig über die Straße gehen ohne unter ein Auto zu kommen oder die Menschen zu erschrecken. Sie lernen auch, dass man sich im Straßenverkehr ruhig zu verhalten hat, nicht laut bellen darf, nur bei Gefahr, auch dass ein Hund nicht ohne Helm Motorrad fahren darf.

Andere Lehrer berichten von Stammbäumen der Hunde, von Vererbungslehre, von den Umweltgiften, wie sie sich vor lauten Sylvester Böllern in Acht nehmen müssen und vieles mehr. Auch Betragen wird gelehrt.

Schließlich sollen die Hunde ja auch den Menschen gehorchen. Manche Hunde werden sogar als Rettungssanitäter ausgebildet. Im Allgemeinen bringen diese Sachen die Menschen den Hunden bei. In unserer Geschichte aber lernen die Hunde alles beim Hunde-lehrer. Die meisten Hundeschüler sind sehr aufmerk-sam und passen gut auf. Andere Hunde träumen manchmal vor sich hin, und wieder andere denken, sie können schon alles. Einige wollen sich besonders hervortun. Es ist wie bei den Menschen auch, sie wollen angeben.

Das wollte unser kleiner Spitz auch. Der war nun nicht besonders begabt, aber trotzdem sehr stolz.

Er reckte seine Nase in die Höhe und sagte immer: „Das kann ich schon lange!"

Nur, dass ihm das schon lange keiner mehr glaubte.

Ich müsste mir etwas Besonderes ausdenken, dachte unser Spitz. Er grübelte und grübelte…

Schließlich meinte er: „Es gibt doch immer nur weiße, schwarze, gescheckte, gelbliche oder braune Hunde. Wie würde es aussehen, wenn ich ein blauer Hund wäre?" Der Spitz hatte es jetzt ganz eilig, nach Hause zu kommen. In seiner kleinen Kammer mischte er alles Mögliche zusammen: Verschiedene Farbstoffe von Blumen, zerstampftes Gras, gemahlene Nüsse, verschiedene

Teesorten, ein paar Tropfen Öl, ein wenig Pfeffer und Paprika und noch andere Gewürze.

Jedes Mal probierte er davon. Es schmeckte fürchterlich, außerdem hatte sich sein Fell noch kein bisschen verändert.

„Vielleicht nehme ich von diesem Blütenstaub noch etwas", murmelte er, „der sieht so schön blau aus!"

Der Spitz rührte alles gründlich zusammen, füllte sich einen Becher davon voll und trank alles auf einmal aus.

„Hu, wie wird mir denn jetzt, mir ist aber komisch", rief unser Spitz. „Mir wird so heiß und kalt!"

Er taumelte auf einen Stuhl.

Nach einer ganzen Weile wurde es ihm aber wieder besser. Er riss die Augen auf und staunte. Seine Pfoten waren ja ganz blau! Nun rannte er ins Schlafzimmer, um sich in dem großen Spiegel ganz zu betrachten.

„Das ist ja ein Wunder!", rief er, „jetzt bin ich ein blauer Spitz!" Er lachte und tanzte herum und freute sich immer mehr. „Wie ist denn das möglich, dass ich so ein blaues Fell habe", dachte er. „Was habe ich da eigentlich zusammengemixt?"

Aber er konnte sich nicht mehr erinnern.

Ja, es war wirklich ein tolles Blau, nur war es für einen Hund ja wenig passend.

„Jetzt bin ich der schönste und stolzeste Hund, die anderen

die anderen werden gucken. Sie werden mich ehrfurchts-voll begrüßen und mir meinen Napf mit dem teuersten Futter füllen, sie werden mir alles bringen, was ich will. Ich bin eben ein besonderer Hund, auch die Lehrer werden mich anders behandeln, ich werde nur noch gute Zensuren bekommen...."

Mit diesen Gedanken betrat er am anderen Morgen das Klassenzimmer.

Das war ein Tumult!

Die kleinen Hunde quiekten vor Lachen, die großen guckten unseren blauen Spitz nur verächtlich an.

„In welchen Topf bist du denn gefallen?", meinte ein Schäferhund. Der Labrador guckte ihn mit treuen Augen an und sagte: „Du tust mir leid, bekommst du das blaue Zeug denn wieder ab?"

Nun war nichts mehr vom schönsten und stolzesten Hund zu sehen. Der Spitz wollte doch etwas ganz Besonderes sein und nun war alles gründlich daneben -gegangen. Er schlich mit eingezogenem Schwanz in eine Ecke.

Nun kam auch noch der Lehrer in das Klassenzimmer.

Dieser musste sich das Lachen sehr verkneifen, aber er hielt den Unterricht wie immer ab. In der Pause redete er mit unserem blauen Spitz. Er machte ihm klar, dass man nur etwas Besonderes sein kann, wenn man gute Leistungen bringt, mit den anderen Hunden, den Lehrern und den Menschen gut auskommt und freundlich zu allen ist.

„Du bist so ein hübscher Spitz, aber sieh zu, dass du die blaue Farbe wieder abbekommst."

Auf dem Nachhauseweg grübelte der Spitz wie er wieder seine natürliche Farbe bekommen könnte. In-zwischen hatte er auch eingesehen, dass die blaue Farbe nicht gut aussah und sein Hochmut war ihm schon lange vergangen. Zu Hause angekommen, wollte er sich gleich an die Arbeit machen, ein neues Gemisch auszuprobieren.

Vielleicht klappte es ja und er wurde wieder wie vorher.

Er war aber so fertig, dass er sich erst erholen wollte. Er ließ sich Wasser in seine Teichbadewanne ein, fügte ein paar duftende Kräuter dazu und legte sich in sein Bad. War das schön! Als ob alle trüben Gedanken von ihm abfielen. Ganz entspannt bellte er leise eine Melodie.

„War ich bloß dumm!", dachte er, „wie konnte ich nur so etwas machen, mir ist doch viel wichtiger, dass ich mit allen gut auskomme:"

Er stieg aus dem Bad, nahm das Handtuch – und sah, seine Pfoten waren wie vorher, gar nicht mehr blau! Als er sich im großen Spiegel betrachtete, bellte er vor Freude ganz laut.

Es war keine blaue Farbe mehr zu sehen.

Er trocknete sich fertig ab um ganz  schnell zu seinen Freunden zu rennen. Die werden sich sicher freuen!

# Schneeregen

Warum schneit es denn schon wieder!
Seht, der Frühling fängt doch an!

All die schönen Frühlingslieder haben es uns angetan.
Stiefmütterchen, Primeln und Osterglocken frieren jetzt so
vor sich hin,
wollen doch die Sonne locken
und einen bunten Frühlingsbeginn.

Mützen und Pelze brauchen wir nicht mehr,
wir sehnen uns nach Wärme sehr!
Viele Tiere möchten sich verkriechen,
sie können auch noch nicht den Frühling riechen.

Und wenn ich morgens im Bett mich noch wärmen kann,
dann fängt der Gesang der Vögel schon an.
Sie zwitschern doch schon wieder
ihre schönen Frühlingslieder.
Drum nehmen wir ein Beispiel uns und hören auf, zu
jammern,
so schlimm sieht's draußen doch nicht aus,

schnell raus aus unsern Kammern!
Die frische Luft tut uns so gut,
Schneeregen stört nicht mehr.
Wir hängen die Ostereier auf
und freuen uns jetzt sehr.

Das Osterfest steht vor der Tür
und lässt uns gerne rein,
wir sind doch alle gut gelaunt und froh,
beisammen zu sein.

Ob es regnet oder schneit,
wir sind bereit!

# Die Spatzen

So viele Spatzen sind auf dem Baum,
sie sitzen ganz dicht,
man glaubt es kaum.
Der Wind fegt sie fast von den Ästen herunter,
doch sie halten sich fest
und schwatzen ganz munter.
Die kleinen Vögel sind sehr helle,
finden schnell ihre Futterquelle.
In dem Futternapf  herrscht reges Treiben,
sie können nicht eine Sekunde still sitzen bleiben.
Drum kann ich sie auch gar nicht zählen,
da müsste ich mich mächtig quälen.
Ruck, zuck, sitzen sie  in den Bäumen drin
und zwitschern wieder vor sich hin.
Wie schnell sich so ein Baum mit Leben erfüllt,
und wie er dabei fast überquillt.
Es sollte das fröhliche Treiben
noch viele Generationen so bleiben.

# Manuelas Orchidee

Manuela hat wieder einmal Geburtstag. Es ist der achtzehnte, und wie schon so oft, wünscht sie sich neben vielen anderen Geschenken auch eine Orchidee. Sie findet diese Blumen ganz toll. Die schönen Farben und verschiedenen Formen begeistern sie immer wieder.

Aber leider blühen die Orchideen bei ihr nie lange. Eine Weile sehen sie schön aus, dann fallen die Blüten ab, die Luftwurzeln verkümmern und die Blätter welken.

Das Mädchen besitzt unterschiedliche Orchideen. Ursprünglich kommen die meisten aus dem tropischen Regenwald, sie wachsen ganz oben in den Bäumen. Inzwischen werden Orchideen in vielen Ländern gezüchtet und verbreitet.

Die verschiedenen Orchideen brauchen auch unterschiedliche Pflege.

Manuela hat schon alles ausprobiert. Die einen gießt sie nur einmal in der Woche, die anderen sprüht sie ab und wieder andere bekommen nur Wasser in den Unter-setzer. Aber es will alles nichts nützen. Sicher macht sie etwas verkehrt. Woran kann das nur liegen?

Ihre Freundin Katja ist auch ganz ratlos. Jetzt wünscht sich Manuela wieder eine Orchidee. Das geht doch nicht gut. Sollte sie ihr zum Geburtstag nun wieder eine schenken?

Die dritte Freundin, Anja, hat sich auch schon Gedanken gemacht.

„Weißt du", sagt Anja zu Katja, „ich schenke ihr diesmal ein Orchideenhandbuch. Da sind alle Orchideen aufgeführt und auch, wie man sie behandeln soll, wieviel Wärme sie brauchen und wo man sie am besten hinstellt."

„Das ist eine gute Idee", meint Katja, „ich habe mir auch schon etwas überlegt. Manuela ist oft so traurig, wenn schon wieder eine ihrer Orchideen eingeht, das tut mir einfach leid. Deshalb werde ich ihr eine künstliche Orchidee schenken. Die sieht auch gut aus und kaum einer wird den Unterschied zu einer natürlich blühenden Orchidee merken."

„Das ist ein sehr schöner Gedanke", bemerkt Katja. „Hoffentlich freut sich Manuela auch darüber." Die Freundinnen hatten ihre Geschenke gekauft und mit lieben Glückwünschen überreichten sie nun das Orchideenbuch und die künstliche Orchidee Manuela zum Geburtstag. Das Geburtstagskind besah sich zuerst das Buch und staunte, welche Möglichkeiten es gibt, Orchideen zu pflegen.

Aber bei der künstlichen Orchidee von Katja guckte sie doch ein bisschen komisch.

„Na ja", meinte sie dann mit einem Lachen, „die blüht wenigstens immer. Fast hätte ich gedacht, es ist eine richtige Orchidee. Ich werde sie zu den anderen stellen, dann sieht wenigstens eine schön aus."

Es wurde noch ein fröhlicher Geburtstag, und natürlich bekam Manuela noch viele andere Geschenke.

Am nächsten Morgen sah Manuela wie immer zuerst nach ihren Orchideen.

Täuschte sie sich, oder sahen die Blätter nicht mehr ganz so welk aus?

Was war geschehen?

Sie konnte es nicht wissen!

Nachdem die künstliche Orchidee zwischen den anderen stand, erwachte neben ihr eine kleine Orchidee aus ihrem Tiefschlaf und murmelte: „Neben mir steht ja so eine tolle Schwester mit so vielen schönen Blüten..."

Dann guckte sie an sich herunter und musste feststellen, wie verwelkt sie schon war. Sie sah sich um und erschrak. Die anderen Orchideen sahen auch so schlimm aus, die Blätter hingen herunter, keine Blüten waren zu sehen und die Knospen waren vertrocknet. Sie schüttelte voll Entsetzen ihre Blätter.

„Warum blühst du denn so schön?", fragte sie die künstliche Orchidee.

„Die Menschen haben mich so schön gemacht, ich sehe immer so aus", antwortete diese.

„Ich verwelke nicht, aber ich blühe auch nicht richtig. Aber ihr anderen alle, ihr könnt euch doch Mühe geben, ihr spürt es doch, wenn ihr blüht, wenn neue Blätter wachsen, wenn die Knospen aufbrechen und die Blüten sich entfalten. Das

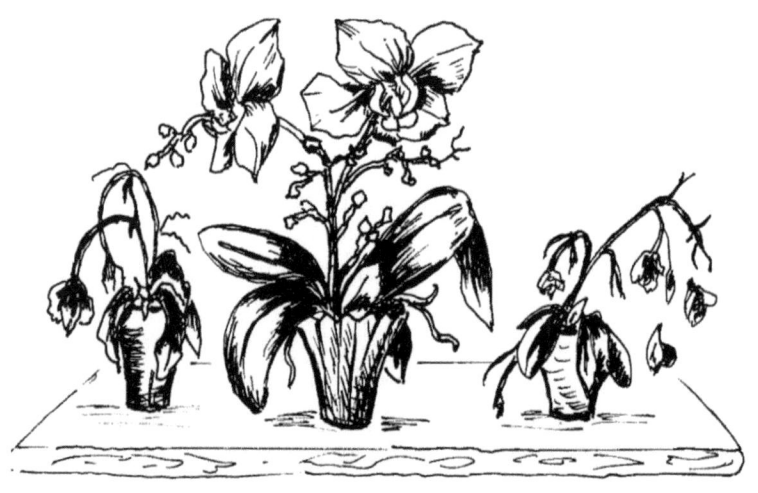

muss doch ein wunderbares Gefühl sein. Außerdem habt ihr nicht nur im Blumentopf Wurzeln, sondern auch darüber. Mit diesen Luftwurzeln könnt ihr auch Feuchtigkeit aufnehmen und wachsen.
Manuela ist schon ganz traurig, weil ihr nicht mehr blühen wollt."

„Wer spricht denn da?"

Nun erwachten auch die anderen Orchideen und schämten sich, dass sie so schlecht aussahen. Sie nahmen all ihre Kraft zusammen und begannen, ganz, ganz langsam zu wachsen.

Manuela stand lange vor ihrem Fensterbrett und sah immer wieder die Orchideen an.

„Ist das vielleicht geschehen, weil ich die künstliche Orchidee zwischen die anderen gesetzt habe?", flüsterte sie.

# Halt sie fest,

Halt sie fest, es gibt so viele schöne Momente!
Halt sie fest – ach, wenn man das nur könnte!
Dann würde ich sie in die oberste Schublade legen,
oder wäre das ein bisschen zu verwegen?
Man kann ja im Leben nicht immer genießen,
aber soll man deswegen verdrießen?
Aber trotzdem als Vorrat für trübe Stunden
hätte man sie dann wiedergefunden.
Im Gedächtnis sind sie gut aufgehoben,
da muss man seinen Schöpfer loben.
Und wenn man sie dann in die hintere Ecke steckt,
wird schnell alles Trübe zugedeckt.
Ist denn nicht wirklich etwas dran?
Wer sagt denn, dass ich das nicht kann!

# Die alte Frau

Sie guckt aus dem Fenster und sieht viel Schnee,
sie kann sich erinnern, doch die Erinnerung tut weh.
Sie sieht jetzt, wie die Bäume blühen,
und alle Wiesen sind schon grün.
Auch viele Blumen – rot, gelb, blau –
und dort, die schöne junge Frau,
weiter hinten die klare blaue See –
sie kann sich erinnern, doch es tut sehr weh.

Jetzt fallen vorm Fenster die bunten Blätter,
die Bäume werden kahl, und es ist stürmisches Wetter.
Hier drinnen ist es immer trocken,
ihr ist warm mit den dicken Socken.
Auf der Wiese hopst fröhlich ein Hund,
sie kann sich erinnern, sie war auch mal gesund.

Und wieder sitzt sie am Fenster und blickt hinaus,
da sieht es schon sehr nach Winter aus.
Aus dunklen Wolken rieselt der Schnee –
Sie kann sich erinnern, es tut nicht mehr weh!

Im Großen und Ganzen ist ihr doch klar,
wie behütet ihr Leben immer war.
Sie hat ganz bestimmt keinen Grund zu klagen
und würde auch diesen Winter wagen.

# Unsere Amsel
## Weißflügel

"Weißflügel"  haben wir dich genannt
und dich schon von weitem wiedererkannt
Jedes Jahr ertönte dein Gesang.
wir sehen dich nicht mehr, bist du etwa krank?
Aber hoffen werden wir, es wäre doch schön,
dich im Winter wiederzusehen.
Dich, mit deinem besonderen Kleid,
der gedeckte Tisch steht immer bereit!

# Das Vogelfutterhaus

Herr Amsel sitzt im Futterhaus
und wirft die vielen Spatzen raus.
Ein Spatz steht auf dem Dach
und  macht  einen jämmerlichen Krach.
Da kommt die ganze Familie Spatz,
Herr  Amsel macht nun doch noch Platz.
Aber jetzt fliegt geschwind Frau Amsel her,
sofort ist das Vogelhäuschen leer.
Frau Amsel frisst sich dick und fett,
das finden die Spatzen gar nicht nett.
Nun ist die Amsel satt und ruht sich aus
und das auch noch im Vogelfutterhaus .
Geduldig warten die Vögel auf dem Baum
bis die Amsel erwacht aus ihrem Traum.
Die Amsel dachte unterdessen,
wollte ich nicht etwas fressen -
und macht sich über die letzten Körner her.
Jetzt ist sie satt und kann nicht mehr.
Sie fliegt nun auf den nächsten Strauch
und pflegt die Federn und den Bauch.
Ins Futterhaus streuen wir jetzt neue Speise,

ziehen uns zurück und sind ganz leise.
Nun sehen wir mit einem Blick,
die Vogelschar kommt wieder zurück.
Wir wissen jetzt, was gleich geschieht:
Sie bedanken sich mit einem Lied.

# Die Zeit

Ich kann es immer noch nicht fassen,
wir haben den Frühling einfach vorbei gehen lassen.
So schöne Stunden
sind schon entschwunden.
Was wohl der Sommer bringen mag,
das denken wir an jedem Tag.
Ist er zu heiß,
dann rinnt viel Schweiß.
Ist er kälter wieder,
schmerzen alle Glieder.
Der Sommer kommt, ob wir wollen, oder nicht,
drum machen wir doch ein fröhliches Gesicht.
Wir liegen am Strand auf unseren Decken
oder lassen das Grillfleisch uns schmecken,
wir hören die Amseln morgens singen
und lassen uns das Frühstück ans Bett bringen,
wir liegen mittags unterm Sonnendach
und werden erst zum Kaffeetrinken wach.
Abends dann in lauer Luft
verströmen die Pflanzen einen besonderen Duft.
Die Kühle der Nacht umfängt uns wieder,

wir strecken wohlig unsre Glieder.
Doch auch der Sommer hat seine Zeit,
wir sind nun für den Herbst bereit.
Pilze suchen ist jetzt Plicht,
der Regen peitscht uns ins Gesicht.
Die Tage sind nicht mehr so lang,
und unsre auch – dann wird uns bang.
Man denkt schon an den Weihnachtsbraten
und  was wir im vorigen Jahr wohl hatten.
Morgen ist es  wieder mal soweit –


so schnell vergeht die Zeit!
Aber was fangen wir mit ihr an?
Haben wir auch das Richtige getan?

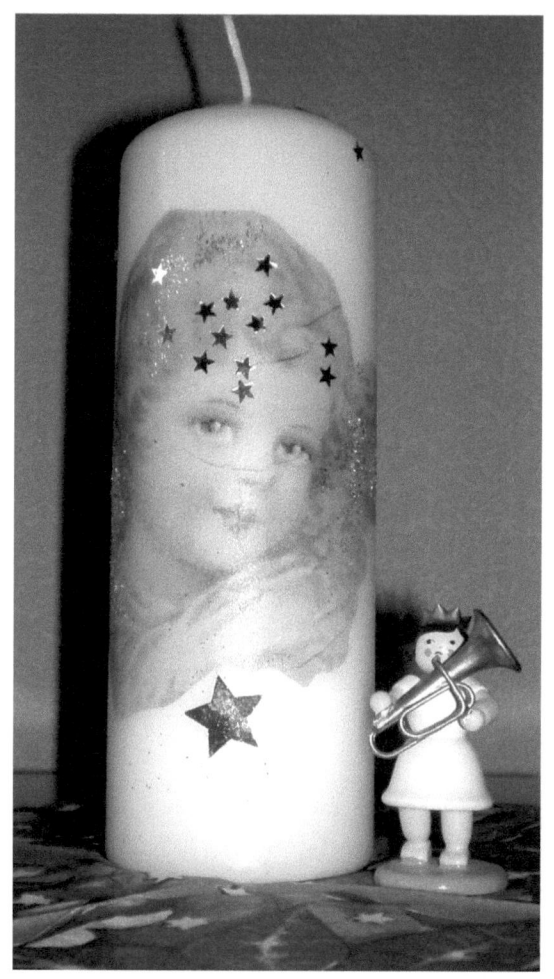

48

# Die Gedanken

Die Gedanken lassen mich nicht ruhen,
es ist zum Verzweifeln,
was kann ich nur tun?
Mach dir keine Gedanken,
sagen wir oft,
doch es ändert sich nichts unverhofft.
Aber ehe man einen Gedanken zu Ende gedacht,
schiebt sich der nächste nach vorne mit Macht.
Sie kleben wie Kletten in meinem Kopf,
am besten, ich werfe sie alle in einen Topf.
Dann könnte ich mit dem Sortieren beginnen
und mich auf das Wesentliche besinnen.
Die Gedanken sind nicht immer gut
und manchmal, da packt mich sogar die Wut.
Doch oft bereiten Sorgen, ob groß oder klein
mir eine ziemlich große Pein.
Verschwende daran doch keinen Gedanken:
Bei diesem Satz komme ich wieder ins Wanken.
Belastend sind immer die negativen Gedanken,
sie weisen mich sehr oft in die Schranken.
Ich schiebe sie weg,

was soll ich denn machen?
Es gibt doch im Leben schönere Sachen.
Ich stelle mir vor:
Meer, Sonne und Wind -
und denke nach,
wie war ich als Kind?
Ich habe gesungen und gelacht
und mir oft keine Gedanken gemacht.
Das Unbeschwerte fehlt mir jetzt,
doch positiv denken
lohnt sich bis zuletzt!

# Mein Kätzchen

Mein Kätzchen wartet schon hinterm Gartentor,
die Zeit kam ihr wohl sehr lange vor.
Vom Einkauf hab ich das Futter mitgebracht,
ich habe es sorgfältig ausgesucht und sogar ihr Alter
bedacht.
Da gibt es Menüs für junge Kätzchen oder für Senioren,
nur das Beste habe ich auserkoren.
Jetzt hält es die Katze kaum noch aus,
sie riecht schon fast den guten Schmaus.
Mit einem Satz ist sie bei mir,
das ist ja so ein liebes Tier!
Sie schnurrt und klettert mir auf die Füße,
das ist ja eine kleine Süße!
Auch streicheln lässt sie sich jetzt viel mehr,
so ist es gut, das freut mich sehr.
Nun bekommt sie das gute Futter,
ich bin doch ihre Katzenmutter.
Sie guckt mich jetzt noch einmal an,
dann hat das Seniorenmenü es ihr angetan.
Es schmeckt zu gut und schnell ist der Teller leer.
Nun guckt sie wieder, will sie noch mehr?

Sie weiß genau, jetzt gibt's noch leckere Stangen,
vor einiger Zeit habe ich damit angefangen.
Doch diese schmecken nur von einem Geschäft,
ich schreibe mir das alles in ein Heft,
damit ich das beim nächsten Einkauf bedenke
und meine Schritte in den richtigen Laden lenke.
So gut haben die Leckerlis geschmeckt,
dass sie sich wie toll das Fell beleckt.
Dabei darf ich sie aber nicht mehr stören,
sie will nun gar nicht auf mich hören.
Als ich gehe, guckt sie hoch, als wollte sie zu mir sagen,
ich habe jetzt einen vollen Magen,
aber morgen kommst du wieder,
bis dahin pflege ich meine Glieder.
Und ich? Ich überlege sodann,
wie ich mein Kätzchen wieder verwöhnen kann.

# Wege

Wege gibt es viele im Leben,
nicht immer sollte man nach dem leichtesten
streben.
Sind die Wege holprig und krumm,
wie kommt dann um sie herum?
Gerade Wege sind die kürzeste Strecke,
betritt man sie aber,
kommt schon die nächste Ecke.
Auf Waldwegen läuft es sich besonders leicht,
bald hat man die nächste Lichtung erreicht.
Doch kommt man bei der nächsten Gabelung an,
weiß man nicht, wie es weitergehen kann.
Wegweiser sind ein gutes Geleit,
ohne sie kommt man aber nicht weit.
Das sind die Helfer auf unserer Tour,
sie bringen uns wieder in die richtige Spur.
Und weiter geht's bis auf den höchsten Berg hinauf,
die Anstrengung nimmt man gern in Kauf.
Da sollte man doch ein wenig verschnaufen,
ehe man beginnt, weiter zu laufen
und dann einen anderen Weg bergab zu wählen,

um sich nicht mehr so viel zu quälen.
Doch aufgepasst, hier stürzt man leicht,
bevor man das nächste Ziel erreicht.
Dunkle Wege möchte man schnell verlassen,
auch schmale Wege in engen Gassen.
Breite Wege, hell und eben,
die wollen wir gehen in unserem Leben.
Manchmal liegt auf unserem Weg ein großer Stein,
es geht nicht mehr weiter, wie gemein!
Umkehren ist jetzt angesagt,
nun sind wir aber ganz verzagt.
Doch dass es richtig war,
wird uns erst viel später klar.
Da hat sich nämlich herausgestellt,
dass uns der neue Weg besser gefällt.
All unsrer Wege sollten wir mutig gehen,
dann werden wir viel klarer sehen.
Jeder geht seinen Weg alleine,
müde und schwer sind manchmal die Beine.
Aber trotzdem lassen wir uns nicht unterkriegen
und wollen auch den kommenden Weg besiegen.
Also voran mit ganzer Kraft,
einen Teil haben wir schon geschafft!

56

# Wolken

Ich liege auf der Wiese und schaue zum Himmel empor,
es kommt mir wie im Märchen vor.
Die Sonne blitzt durch die Wolkenränder,
sie sehen aus wie glühende Bänder.
Schon schieben sich andere Wolken davor,
das sieht jetzt aus wie ein großes Ohr.
Nun staune ich noch mehr,
ich sehe einen riesigen Bär.
Viele kleine Wolken ziehen vorüber,
die einen hängen unten, die anderen darüber.
Eine dunkle Wolke schwebt heran und frisst die kleinen,
sie werden sich jetzt alle vereinen.
Die nächste Wolke hat ein grimmiges Gesicht,
doch lange bleibt sie nicht.
Ist es im Leben nicht manchmal so,
zieht eine dunkle Wolke vorüber,
ist man wieder froh.
Doch manchmal dauert es viel zu lange.
Oft wird mir dann angst und bange.
Glückliche Stunden gehen viel zu schnell vorbei
wie kleine weiße Wölkchen reißen entzwei.

Ich komme ganz bestimmt bald wieder her
und male dieses schöne Wolkenmeer.
Das Bild hänge ich mir in mein Zimmer
und dann habe ich die schönsten Wolken immer.

# Die drei Freundinnen

Drei Freundinnen, Anja, Karen und Doren, wohnten zusammen in einer Wohngemeinschaft. Sie verstanden sich gut und alles funktionierte prima. Jeder hatte seine Aufgaben.

Bis es eines Tages nicht mehr ging. Warum, das wusste keiner so richtig.

Anja und Karen stritten sich nur noch, und Doren versuchte immer, den Streit zu schlichten. Irgendwann hatte Doren aber nicht mehr die Kraft dazu, ihr wurde es zu viel und sie zog aus. Die beiden anderen konnten das nicht begreifen und ihnen wurde noch nicht einmal bewusst, wie sie sich benommen hatten. Als sie sich endlich ihre Fehler eingestanden, versuchten sie alles, um Doren umzustimmen. Sie sollte doch wieder bei ihnen einziehen. Sie fehlte ihnen doch so sehr.

Sie schrieben ihr viele Nachrichten, aber es kam keine Antwort.

Sie hatten schon lange nichts mehr von ihr gehört.

Weihnachten nahte und Anja und Karen konnten sich gar nicht richtig auf das Fest freuen. Sie hatten ihre Freundin vergrault, ja wahrscheinlich für immer verloren.

Aber das Jammern half nicht und so wurde es ein ruhiger Heiliger Abend.

Auch an der Weihnachtsmusik hatten sie keine Freude.

Schon wollten sie schlafen gehen, als sie im Treppenhaus Schritte hörten.

Es klopfte an die Tür. Anja machte auf - und da stand Doren mit einem herrlichen Weihnachtsstern.

Überglücklich schlossen die beiden Freundinnen Doren in die Arme.

„Zuerst will ich euch etwas sagen", rief Doren. „Ich werde wieder hier einziehen, wenn ihr mir fest versprecht, euch nicht mehr zu streiten!   Ich habe euch auch vermisst!"

Nun begann der Heilige Abend erst richtig, endlich!

# Die Medaille

Auf zum letzten Rennen,
viele Leute werden mich dann kennen.
Lange war die Vorbereitungszeit,
endlich ist es nun soweit.
Ich werde mich heute bezwingen
und die Goldmedaille erringen.
Neue Sportschuhe mussten her,
die alten waren viel zu schwer,
auch Hosen und T-Shirt habe ich mir bestellt,
das kostet schon sehr viel Geld.
Und mein kleiner Sohn
gab mir zuerst die Motivation.
Fünfzehn Kilo habe ich abgenommen,
da müsste ich doch unter die Besten kommen.
Obst und Gemüse kauf ich zuhauf,
das wird mir gut tun bei meinem Lauf.
Es geht aber noch ein bisschen schwer,
mehr Vitamine müssen her.
Gestern habe ich noch ausgiebig trainiert,
da ging das Ganze wie geschmiert.
Also auf mit brennenden Sohlen,

will ich die Medaille mir holen!
Ich merke schon, heute geht's nicht so gut.
Hatte ich diesmal zu viel Mut?
Dieses  Rennen muss ich zu Ende bringen,
auch wenn die anderen zur Medaille singen.
Ich habe mich so herumgequält,
aber halb so schlimm,
die Teilnahme zählt!

# Das Vergessen

„Hast du das schon wieder vergessen?",
so sagt man zum Kind.
„Pass besser auf und hol es geschwind!"
Ein Kind träumt leicht und vergisst seine Pflicht,
doch mit Absicht vergisst es meist nicht.
Beim nächsten Mal hört es besser hin,
das ist ja alles noch nicht schlimm.
Bedenklich wird's erst, wenn man ein hohes Alter erreicht,
da merkt man sich die Dinge nicht mehr so leicht.
Vergessen ist, was gestern war –
Freunde und Verwandte sind fremd sogar.
Dann ist es schlimm um uns bestellt
und wir passen nicht  mehr in diese Welt.
Aber dann gibt es noch dieses andere Vergessen,
und das liegt dann ganz in unserem Ermessen,
ob wir uns erinnern wollen oder nicht.
So oft wäre es aber unsere Pflicht.
Das ist das Vergessen, was so viele Menschen umpolt,
aber irgendwann sie doch wieder einholt.
Dieses Vergessen sollte uns gegenwärtig bleiben,
das müssen wir uns ins Gedächtnis schreiben.

Das Leben nimmt mal so, mal so seinen Lauf,
passen wir auf!

# Der kleine Schneeball

Im letzten Winter wurde in einem großen Wald ein Schneeball geboren. Der kleine Schneeball lag auf einem Hügel und sah sich seine Welt an. Und als er so um sich guckte und hin und her wackelte, rollte er den kleinen Berg herunter. Dabei wurde er größer und größer, weil sich viel Schnee an seinem Körper ansammelte.

Der kleine Schneemann fühlte sich schon viel kräftiger und rollte immer weiter.

„Was ist denn das?", sagte ein Wildschwein, „so einen runden und schönen Schneeball habe ich ja noch nie gesehen, vielleicht können mei-ne Kinder damit spielen?"

Der Schneeball erschrak, das Wildschwein war doch viel zu stark, es würde ihn zertreten – und schnell, ganz schnell rollte er weiter, gerade zwischen den Beinen des Wildschweins hindurch. Er rollte an einen Bach und wäre beinahe hineingefallen, wenn ihn nicht eine Amsel gestoppt hätte.

„Du Schneeball, du kannst doch nicht in den Bach rollen, dann bist du kein Schneeball mehr, sondern nur noch Wasser."

„Oh", dachte der Schneemann, „dann will ich immer aufpassen, dass ich nicht zu Wasser werde." Er rollte und rollte, jeden Tag ein Stückchen weiter und lernte die Welt kennen, er traf viel Freunde – Krähen, Meisen, Rehe und noch viele andere.

Es wurde immer kälter, die Teiche froren zu, der kleine Bach auch.

„Du musst weiterrollen", sagte ein Rotkehlchen, sonst wirst du zu Eis und kannst dich nicht mehr bewegen."
Aber der kleine Schneeball war so müde, er war auf den zugefrorenen Teich gerollt und schlief schon fast ein.

„Nein, nein", sagte ein Fischreiher, „roll weiter, du bist schon fast ein Eisklumpen", und er half dem Schneeball auf eine Wiese zu kommen.

Dort kullerte der Schneeball unter einen Strauch und schlief erschöpft ein.

Als er endlich aufwachte, war ihm gar nicht gut. „Was ist denn das?", murmelte er, „ich werde ja kleiner und an meinen Füßen ist es ganz nass?"

Die Sonne, die auch im Winter viel Kraft hat, hatte den armen Schneeball mit ihren Strahlen angewärmt, und er begann, zu schmelzen. Der kleine Schneeball war ganz faul geworden und konnte nicht mehr wegrollen.

Gerade da kamen zwei Hasen angehoppelt, die miteinander spielten. Sie sahen den Schneeball und warfen ihn durch die Luft, bis er unter einer Tanne liegen blieb. Dort konnte die Sonne ihn nicht mehr erreichen. Ein bisschen zerzaust, aber doch glücklich, atmete er tief die kalte Luft ein. Er rollt wieder ein bisschen hin und her – und schon ging es ihm wieder besser.

„Nun", dachte er, „muss ich also aufpassen, dass ich nicht ins Wasser rolle und auch nicht in die Sonne komme." Plötzlich hörte er, wie kleine Käfer sagten: „Der Frühling wird bald kommen, es wird schon wärmer." „Hu", dachte der Schneeball, „ich muss vor dem Frühling davon rollen, sonst werde ich ja zu Wasser. Aber wohin soll ich denn?"

„Du musst in den Norden", sagte ein Käfer, „da ist es immer kalt und du kannst ein Schneeball bleiben, es ist aber sehr weit bis dorthin.

„Wenn es viel zu weit ist, dann schaffe ich das nicht", sagte der Schneeball. Aber er rappelte sich noch einmal auf und rollte in einen Garten.

„Oh, was für ein schöner Schneeball!", sagten die Kinder, die dort spielten. „Es wäre zu schade, wenn wir den kaputt machten, und Liesel nahm ihn, setzte ihm aus  Steinen Augen ein, spießte ihn auf ein Stöckchen und stellt ihn neben eine Fichte.

„Jetzt kann ich gar nicht mehr weg!", jammerte der Schneeball und war sehr, sehr traurig.

So stand er nun bis zur Nacht und überlegte, wie er sich retten könnte. Aber das konnte er nicht mehr.

„Schade", seufzte er, „ich wäre so gerne ein Schneeball geblieben und ich wäre so gerne in den Norden gereist, wo es immer kalt ist" – und schlief ein.

Glücklicherweise kam aber die Schneefee in dieser Nacht an dem Garten vorbei und sah den Schneeball, wie er schon ganz schief an dem Stöckchen hing. Das tat ihr sehr leid.

Sie nahm ihn vom Stock ab und legte ihn in ihre Eistasche. Da erwachte der Schneeball und sah noch andere Schneeballfreunde in dieser Tasche.

„Wie gut", sagten die anderen Schneebälle, „dass es die Schneefee gibt, jetzt fliegt sie mit uns in den Norden."
Nun war der kleine Schneeball sehr froh! Er musste nicht zu Wasser zerfließen und hatte außerdem noch viele Freunde.

# Frühes Weihnachten

Im Kaufhaus neben dicker Wolle
steht eine Palette Weihnachtsstolle,
Pfefferkuchen und Spekulatius im nächsten Gang,
es ist noch nicht mal Herbstanfang!
Das Wetter ist noch wunderschön
zum Grillen und zum Badengehen.
Das kann ich hier vergessen,
ich kann noch keine Stolle essen.
Warum soll man denn jetzt schon die
Schokoladenweihnachtsmänner kaufen?
Die würden mir bei der Wärme doch nur zerlaufen.
Ich freue mich, wenn zum ersten Advent
meine selbstgestaltete Adventskerze brennt,
wenn der Kaffeeduft durch das Zimmer zieht
und man die erste Stolle auf meinem festlich gedeckten
Tisch sieht.
Es muss nicht immer so viel Hektik sein,
bei mir kehrt nun die Vorfreude auf das Weihnachtsfest
ein.
Ein gutes Buch mit freudigen Geschichten drin,
das ist mein Adventsbeginn.

Der Sinn und Ursprung dieses Festes wird so oft
vergessen,
er wird nur noch an der Zahl der Geschenke gemessen.
Ich möchte den Segen der Weihnachtszeit spüren
und lasse mich nicht schon jetzt von allem verführen.
Ich freue mich auf den Weihnachtsbaum,
auf die Andacht im Kirchenraum,
auf eine schöne Weihnachtszeit,
im Advent bin ich dazu bereit!

# Rosen

Wenn ich in meinen Rosengarten geh und die herrlichen
Blüten seh`,
denk ich, wie schön doch alle sind -
und ich freue mich wie ein Kind.
Die roten Rosen, sie strahlen mich an,
aber auch die gelben haben es mir angetan.
Die weißen hier, so zart und fein,
alle sind schön, ob groß, ob klein.
Sie geben mir oft neuen Mut –
und das tut meiner Seele gut.
Mir ist, als würden sie mich gut kennen,
drum kann ich mich auch schwer von ihnen trennen.
Die Rosen zu verstehen mit allen Sinnen
muss ich immer wieder neu beginnen.
Das Leben ist nicht so lang wie wir denken,
lassen wir uns doch oft mit Rosen
beschenken !

# Der richtige Rahmen

Wir betrachten ein Bild so ganz in Ruh'
und merken bald, etwas passt nicht dazu.
Nun sehen wir doch näher hin,
das Bild steckt in dem falschen Rahmen drin.
Wir betrachten ein Kleid und stellen fest im Nu,
etwas passt nicht dazu.
Der Kragen ist's, der uns nicht gefällt,
er ist zu groß und zu sehr gewellt.
Wir geben eine Party, das ist der Clou,
aber wir wissen genau, etwas passt nicht dazu.
Ein Gast ist's, nur einer von allen,
wie wird es wohl den anderen gefallen.
Wir schmücken den Tisch, den Schrank und die Truh,
wir sehen schon, etwas passt nicht dazu.
Der Blumenschmuck ist kein Gedicht,
dieses Arrangement nehmen wir lieber nicht.
Wir gehen in die Berge und sehen eine Kuh,
und staunen sehr, etwas passt nicht dazu.
Wir haben uns wohl verguckt, wir drei,

die Kuh hat ja ein großes Geweih!
Wir schreiben ein Buch, nur ich und du
und fühlen genau, etwas passt nicht dazu.
Wir sollten uns nicht so genieren und  erst mal alleine das
Schreiben probieren.
Wir leben auf dieser Welt  und es hat seinen Sinn,
wir stecken schon im richtigen Rahmen drin.
Wir freuen uns und geben ja zu,
diesmal passt es dazu.

# Unerwünschter Besuch

Manchmal kann man einen Menschen nicht leiden und weiß nicht so recht, warum. So erging es mir mit einer Nachbarin.

Wenn es möglich war, ging ich ihr aus dem Weg. Ich hatte schon viel zu viel Negatives über sie gehört. Auch war sie mir nicht ganz geheuer, weil sie immer so böse guckte.

Wir grüßten uns zwar, das war aber schon alles.

Eines Tages, es war in der Adventszeit, klingelte es an der Tür.

Durch den Spion sah ich, dass es diese Nachbarin war.

Man glaubt nicht, was einem da so schnell alles durch den Kopf geht.  Mache ich die Tür jetzt auf oder ignoriere ich das Klingeln. Sie wird mich aber schon gehört haben. Schließlich habe ich gerade Staub gesaugt. Wie werde ich ihr gegenüber treten, oder mache ich die Tür doch nicht auf und verhalte mich ruhig.   Es klingelte wieder. Jetzt kam ich mir doch zu dumm vor, ich wollte die Tür aufmachen und sie einfach abweisen  oder doch nicht?

Beim dritten Mal Klingeln machte ich auf.

Ich guckte sie an und hörte mich auf einmal sagen: „Kommen Sie doch herein, worum geht es denn?"

Ich hatte sogar eine freundliche Stimme. Das hatte ich noch nicht erlebt, dass ich etwas anderes gesagt hatte, als ich eigentlich wollte.

Etwas verwirrt standen wir uns beide in meiner Stube gegenüber.

„Ich wollte", so sagte die Nachbarin, „Sie eigentlich mal zu mir zu einer Tasse Kaffee einladen. Es ist ja Adventszeit und wir könnten es uns ein bisschen gemütlich machen."

Donnerwetter, das saß! Das hatte ich ja überhaupt nicht erwartet.

Also verabredeten wir uns für den nächsten Tag.

Dass die Nachbarin ihre Stube so adventlich geschmückt hatte, brachte mich weiter zum Staunen.

„Ich konnte lange nicht weihnachtlich schmücken, ja überhaupt nicht Weihnachten feiern", sagte sie, und ich erfuhr von ihrem schweren Schicksal. Sie tat mir nun sehr leid und ich war so froh, dass ich selbst eine andere Richtung eingeschlagen hatte. Weihnachten wollen wir zusammen in die Kirche gehen und danach noch ein bisschen zusammen sein. Es sah aus, als würde sogar eine gute Freundschaft entstehen.

Was für eine Wendung und welch eine schöne Adventszeit!

# Das Weihnachtspaket

Die Zeit verrinnt, es ist bald soweit,
dann haben wir wieder Weihnachtszeit.
Viele Vorbereitungen sind zu treffen
für Familie, Tanten, Neffen.
Die Vorfreude ist schon groß,
bald geht es mit dem Wichteln los.
Doch vorher können die Kinder noch gestalten,
sie wollen Kerzen bemalen und Sterne falten.
Bei fröhlicher Adventsmusik
basteln sie mit viel Geschick.
Auf eins sind wir besonders gespannt,
da kommen dann alle angerannt.
Das Paket der Großeltern kommt  mit der Post,
darin die ganz besondere Kost.
Vom Opa die selbstgebackene Stolle,
und von der Oma die gestrickten Pullover
aus bunter Wolle.
Was es dann noch gibt, das ist geheim,
wer guckt denn da schon vorher rein?
Ja, liebe Kinder gebt nun Acht,
zum Fest wird es erst aufgemacht.

Jetzt klingelt's draußen,
es ist schon spät,
ist das vielleicht das Weihnachtspaket?
Nun ist's soweit, hurra, hurra,
das große Paket ist endlich da!
Nur noch zwei Tage, die ganz schnell vergeh'n,
dann werden wir unsere Geschenke sehn.
Und wenn es nach dem Krippenspiel nach Hause geht,
dann öffnen wir zuerst Omas und Opas Weihnachtspaket!

# Eisblumen

Eisblumen, so filigran und fein,
das müssten die schönsten Blumen sein.
Aber nein, die Stoffblumen gleich daneben,
die würden den ersten Rang abgeben.
Aber dort, die Blumen ganz aus Seide
sind eine wahre Augenweide.
Eine mit Blumen bemalte Tasse
ist eine ganz besondere Klasse.
Tolle Blumen aus Papier,
die gab einst eine Freundin mir.
Blumen aus Wachs sind ein Gedicht,
diese hatte ich noch nicht.
Und dann sehe ich hier meine Nelken,
die sind  langsam am Verwelken.
Ihre Schönheit vergeht,
aber sie haben gelebt!

84

# Im Wartezimmer

Warten muss man immer,
aber am Schlimmsten ist es im Wartezimmer.
Wenn sich der Raum immer weiter leert,
weil die Patienten schon den Doktor beehrt,
dann sitze ich stumm und bin immer noch nicht dran
und bleibe ruhig, solange ich es kann.
Aber nun sitze ich schon ganz alleine hier,
es geht nicht mehr auf des Doktors Tür.
Das ist doch sehr vermessen,
haben sie mich denn ganz vergessen?
Ich merke, so langsam kommt die Wut,
das ist für mich aber gar nicht gut!
Der Blutdruck steigt, ich kann's nicht verhindern,
der Herzschlag auch, ich kann es nicht lindern.
Da geht vom Arztzimmer die Türe auf,
ich stürme rein in schnellem Lauf.
Was wollt ich doch gleich, war es doch wichtig!
Jetzt ist es mir, als wär es nichtig.
Vergessen der Frust, nur raus aus dem Raum!
Ich verstecke mich gleich hinter einem Baum!
Ich glaube, ich bin schon gesund –

und alles ohne Befund!

# Mensch ärgere dich nicht

Björn und seine Freunde treffen sich einmal in der Woche zu einem Spiele-Nachmittag. Es gibt verschiedene Spiele, die sie besonders mögen.

Lustig ist es immer, wenn sie ,Mensch ärgere dich nicht' spielen. Da gibt es viel zu lachen.

Bei schönem Wetter wird Fußball gespielt, oder, wenn Manuela dabei ist, Volleyball.

Morgen soll es wieder so einen schönen Nachmittag geben, diesmal bei Holger. Es wird wohl regnen und dann wollen sie wieder ,Mensch ärgere dich nicht' spielen.

Holgers Mutti freut sich immer auf die kleine Gesellschaft und stellt dann Pudding, Eis oder andere Leckereien hin.

In letzter Zeit fiel ihr auf, dass Björn beim ,Mensch ärgere dich nicht' so komisch war, gar nicht fröhlich. Der Junge wollte immer nur gewinnen und versuchte das mit allen Tricks. Die anderen passten aber auf und ließen nichts durchgehen. Björn guckte gar nicht richtig hin und verlor viel. Seine Stimmung wurde immer schlechter, manchmal warf er sogar den Würfel in die Ecke.

Die Freunde lachten nur und meinten: „Warum ärgerst du dich denn so?

Das Spiel heißt doch extra ‚Mensch ärgere dich **nicht**‘!"
Björn nahm sich für morgen ganz fest vor, sich nicht mehr zu ärgern. Er wollte nicht, dass die anderen sich über ihn lustig machten, wenn er verlor. Aber vielleicht würde er ja gewinnen?
Jetzt freute er sich sogar schon ein bisschen auf das Zusammensein mit seinen Freunden.
Und nun war es soweit.
„Na, da bist du ja", sagte Holgers Mutti zu Björn, „die anderen sind schon da. Ich wünsche euch einen schönen Nachmittag – und dass sich keiner wirklich ärgert!"
Da war es wieder, das Wort ‚ärgern‘.
Nein, dachte Björn, heute nicht!
Das Spiel wurde geholt, die Spielfiguren und Würfel verteilt und es konnte losgehen.
Zuvor hatte Holgers Mutti noch etwas Knabberei hingestellt. Es waren sechs Spieler zusammengekommen: Fred, Carla, Julius, Michaela, Holger und Björn.
Mit vier Spielern kann man gut ‚Mensch ärgere dich nicht‘ spielen, mit sechs ist das schon etwas schwieriger.
„Was schon wieder gelb?" Björn mochte die gelben Spielfiguren nicht, aber er wollte sich nicht schon vorher ärgern.
Und nun kam es doch wieder so, wie beim letzten Mal, der Junge verlor ein Spiel nach dem anderen. Zuerst konnte er

sich noch beherrschen, aber dann warf er die ganzen Figuren um und den Würfel an die Wand! Wütend rannte er aus dem Haus.

Die Freunde saßen vor Schreck ganz starr da. Holgers Mutti kam in das Zimmer und sah die entsetzten Gesichter. Sie wusste gleich, was passiert war. Freundlich sagte sie: „Ihr müsst das nicht so ernst nehmen, Björn wird sich schon wieder beruhigen, er kann manchmal nicht anders."

Den Freunden war für heute die Lust am Spielen vergangen und sie fuhren mit ihren Fahrrädern nach Hause.

Als sie an dem kleinen See vorbeikamen, sahen sie ihren Freund auf dem Bootssteg sitzen.

„Wir steigen jetzt aber nicht ab, wir fahren weiter", sagte Manuela.

Björn warf kleine Steinchen ins Wasser. Er ärgerte sich, aber nicht so sehr, dass er verloren hatte, sondern mehr über sich selbst. Wieder einmal hatte er sich nicht beherrschen können. Warum war das nur so schwer? Ein Spiel bleibt doch immer nur ein Spiel! Er hatte sich und den anderen den ganzen schönen Nachmittag verdorben.

So saß er da und grübelte. Seine Eltern würden schon warten, aber er konnte jetzt einfach nicht nach Hause gehen.

Plötzlich hörte er eine Stimme sagen: „Hör auf, dich zu ärgern, alles um dich herum ist so schön, die Sonne scheint, die Vögel zwitschern, die Wiesen sind grün und die Blumen duften. Du hast keinen Grund, wütend zu sein, es war doch nur ein Spiel, ein ‚Mensch ärgere dich nicht'-Spiel! Du solltest darüber lachen, auch wenn du verlierst. Jetzt mach mal die Augen zu und in Gedanken fährst du durch diese schöne Landschaft und freust dich an allem."

Björn hatte die Augen zugemacht und genoss diese schöne Stimme, es fühlte sich alles so leicht an.

Jetzt machte er die Augen wieder auf und blickte um sich, aber niemand war zu sehen. „Die Stimme hat Recht", sagte Björn. „Es geht so vielen Menschen schlecht und ich ärgere mich wegen eines Spiels, das Spaß machen sollte." Am nächsten Tag bat er seine Freunde um Entschuldigung und fragte, ob sie es doch noch einmal mit ihm versuchen würden. Die Freunde sagten zu – es sind ja richtige Freunde!

Und immer, wenn er sich beim ‚Mensch ärgere dich nicht' - Spiel ärgern wollte, hörte er die schöne Stimme und sah die Bilder von der grünen Wiese, von Blumen und Sonne vor sich.

Da verflog aller Ärger und seine Freunde freuten sich, dass Björn jetzt nicht mehr unbeherrscht war, sondern mit Lust und Freude alle Spiele mitmachte.

# Sehnsucht

Manchmal bin ich nur betrübt,
werde ich nicht mehr geliebt?
Die Sehnsucht in mir ist oft so groß,
ich weiß nicht recht, was ist das ich bloß?
Ist es die Sehnsucht nach einer anderen Welt
oder einer, die mir gefällt?
Die Sehnsucht nach Ruhe, nach Liebe und Geborgenheit,
diese Sehnsucht macht mein Herz ganz weit.
Ich frage mich immer, warum ist das so?
Ich hab doch ein gutes Leben
und bin trotzdem nicht froh.
Wo ist denn eigentlich mein Ziel?
Verlange ich vielleicht  zuviel?
Ein Leben in Frieden ist  wohl eine Fiktion,
das wussten die Menschen immer schon.
Aber gerade darum sollten wir uns bemühen,
dann wird die Hoffnung neu aufblühen.
Wir sollten  nicht so egoistisch sein,
denn wir sind ja nicht allein.
Manchmal macht mich diese Sehnsucht ganz warm,
ach nimm mich doch einfach mal in den Arm.

Dann bekomme ich wieder Mut
und vielleicht wird doch noch alles gut.
Sehnsucht ohne Hoffnung ist schwer zu ertragen,
so mancher würde hier verzagen,
Sehnsucht mit Hoffnung gibt wieder Kraft,
wir haben das schon oft geschafft.

# Der Weihnachtswunsch

Wenn ich mir was wünschen könnte,
was wünschte ich mir sehr?
Vielleicht eine Flöte, ein Buch oder ein Erlebnis
auf dem Meer?
Wenn ich mir was wünschen könnte,
was wünschte ich mir sofort?
Eine große Reise an einen wunderschönen Ort.
Wenn ich mir was wünschen könnte,
was müsste es dann sein?
Ein kleines Hündchen für mich ganz allein.

Wenn ich mir was wünschen könnte,
was wünschte ich mir noch?
Eine große Pizza von einem  guten Koch.
Wenn ich mir was wünschen könnte,
was wünschte ich mir ich mir gleich?
Ein  tolles Erlebnis im Märchenreich.

Wenn ich mir was wünschen könnte,
was wünschte ich mir bloß?

Gesundheit und Bewahrung für Klein und Groß!
Und freundlich müssten alle Menschen sein –
aber nicht nur für mich allein!

# Das Telefongespräch

Bei einer Stunde Gespräch muss man lange sitzen -
und viele Themen bringen uns ins Schwitzen.
Doch schön, wenn man mit jemandem reden kann,
das brauchen alle, ob Frau oder Mann.
Da gibt es doch so viele Sachen,
manche zum Weinen und manche zum Lachen.
Der ganze Ort wird durchgenommen,
manches weiß man nur verschwommen.
Doch etwas Besonderes haftet im Gedächtnis fest,
das hebe ich mir auf bis ganz zuletzt.
Wir erzählen von Krankheit und vielen Leiden,
es ist noch zu ertragen bei uns beiden.
Wir können über so vieles noch lachen
und freuen uns auch über komische Sachen.
Wir tratschen nie über die Nachbarn rum,
das wäre uns ja viel zu dumm.
Das Thema „Katzen" hat es uns angetan,
da hängen wir noch mal eine halbe Stunde dran.
So langsam werden wir aber heiser,
die Stimme wird schon etwas leiser.
Wir sagen Tschüss und und freuen uns schon

aufs nächste Gespräch am Telefon.

# Der Eisblumenstrauß

In einem Garten standen ein großer stattlicher Schnee-
mann und eine wunderschöne Schneefrau.
Die Geschwister Max und Klara hatten sie gebaut.
Der Schneemann hatte eine ganz tolle Mütze von Papa auf
dem Kopf, dazu einen gepunkteten Schlips, und auf dem
Körper glitzerten goldene Knöpfe aus Mamas Nähkasten.
Besonders hübsch war das Gesicht. Große schwarze
Kohlenaugen guckten lustig in die Welt und die schönste
Mohrrübe aus der Speisekammer bildete die Nase.
Der Mund bestand aus roten Glitzersteinen. Er lächelte
immer.
Unter dem Arm hielt der Schneemann jede Menge
Tannenzweige fest.
Seine Schneefrau war ungefähr eine Schneekugel kleiner.
Klara hatte ihr einen tollen Hut von Mama aufgesetzt, der
war sehr elegant. Darunter guckte etwas Engelshaar
hervor. Blaue Steine aus dem Bastelkasten bildeten die
Augen, die Nase war eine feinere Mohrrübe, und der schöne
Mund war ebenfalls aus roten Glitzersteinen gefertigt. Und
natürlich lächelte er auch.

Die Schneefrau hatte eine rosa Perlenkette um den Hals und am Arm das passende Armband. In der einen Hand hielt sie einen Tannenzapfen. Eines Abends sagte der Schneemann zur Schneefrau: „Wollen wir eigentlich immer hier stehen bleiben?"

„Wir sind doch hier angefroren", meinte diese.

„Das wollen wir doch mal sehen", rief der Schneemann. Beide strengten sich nun mächtig an, wackelten hin und her - und plötzlich hopsten sie davon. Es waren erst kleinere Hüpfer, dann immer größere und schnellere, bis sie im Wald waren.

Als sie noch tiefer in den Wald kamen, erblickten sie ein kleines Häuschen.   Sie besahen es sich näher und bewunderten die schönen Eisblumen, die dort das Fenster zierten. Die waren so schön, dass die Schneefrau gerne einen Strauß davon haben wollte.

Der Schneemann, der seine Frau sehr lieb hatte, wollte ihr diesen Wunsch erfüllen. Er zwängte sich durch die halboffene, festgefrorene Türe. Dabei musste er sich sehr vorsehen, denn von seiner linken Seite war schon etwas abgebrochen. Er schaffte es aber doch, durch die Tür zu kommen und kratzte nun vom Fenster eine Eisblume nach der anderen ab. Schon war ein großer Strauß zusammen gekommen. Der Schneemann musste sehr aufpassen, dass die Eisblumen nicht zerbrachen, sie waren so zart und fein.

Endlich konnte der Schneemann seiner Schneefrau diesen herrlichen Eisblumenstrauß überreichen.
Noch nie hatte ein Schneemann das geschafft!
Die Schneefrau war überglücklich. Ganz vorsichtig nahm sie den Eisblumenstrauß und beide machten sich wieder auf den Heimweg. Aber diesmal ganz langsam.
Dieser Ausflug war für beide ein ganz großes Erlebnis.
Die Nacht ging vorüber, und Schneemann und Schneefrau standen wieder auf ihrem Platz im Garten.
Gerade ging die Sonne auf, aber zum Glück blieb alles hart gefroren.
Klara und Max waren aufgestanden und standen am Fenster.
Aber was war das? Da glitzerte doch etwas?
Beide rieben sich verwundert die Augen.
Hatte die Schneefrau einen Blumenstrauß?
„Max guck mal, die Schneefrau hat einen Eisblumen-strauß!"
„Ich sehe es, Klara. Aber was meinst du, lächeln die beiden heute nicht noch viel mehr?"

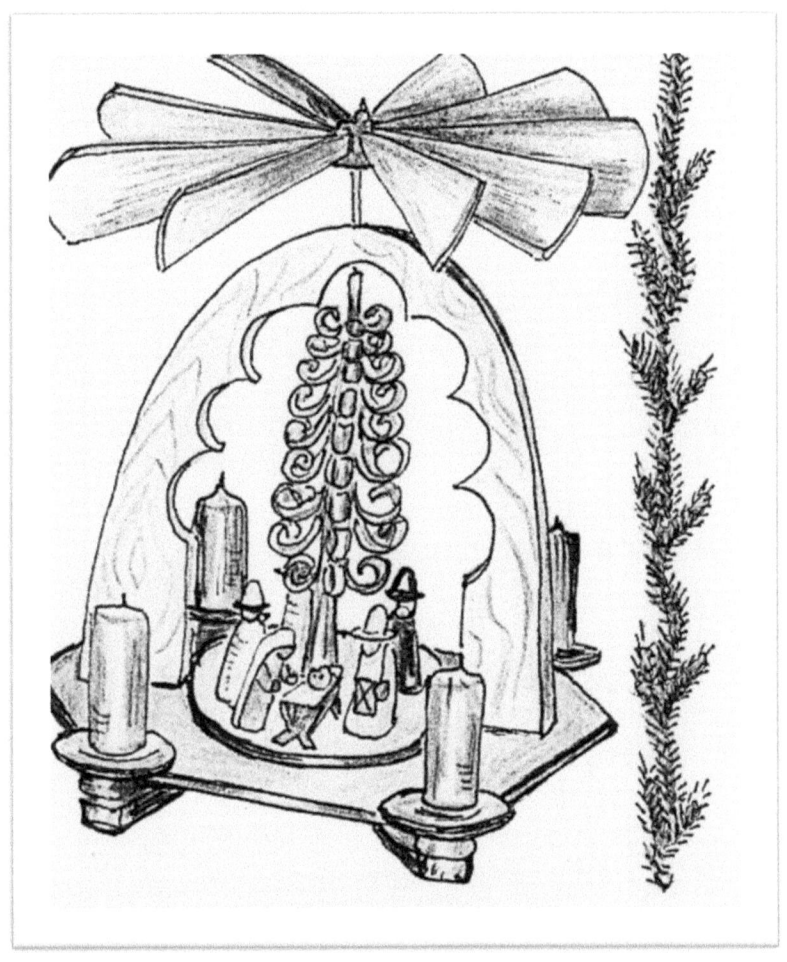

# Die Weihnachtspyramide

Mein ganzer Stolz
ist die Pyramide aus gutem Holz.
Lange hab ich gehobelt, gesägt und bemalt,
doch die Geduld hat sich ausgezahlt.
Sie läuft ganz rund, man kann es sehn,
auch die Flügel können sich richtig drehn.
Die feine Spitze am Lager muss sitzen,
bis das geschafft war, konnte ich schwitzen.
Maria mit ihrem feinen Gesichte
erzählte mir gleich ihre ganze Geschichte –
und Joseph, der hinter Maria steht,
wird von ihrem Schleier angeweht.
Auch Hirten und Schafe stehen ringsum,
ein Trommler steht da und macht
bumm… bumm… bumm…
Der Kreis schließt sich am Jesuskind,
das man in der Holzkrippe find'.
Acht Figuren sind auf dem Teller,
brennen die Kerzen, drehen sie sich schneller.

Damit das Ganze noch mehr lebt,
hab ich an den Stamm vier Engel angeklebt.
Sie haben Trompeten mitgebracht
und spielen das Lied zu der Heiligen Nacht.
In der Adventszeit steht meine Pyramide auf dem
Schrank
zu meiner Freude und auch zum Dank!